房間

——陳秀珍詩集

「含笑詩叢」總序／含笑含義

叢書策劃／李魁賢

含笑最美，起自內心的喜悅，形之於外，具有動人的感染力。蒙娜麗莎之美、之吸引人，在於含笑默默，蘊藉深情。含笑最容易聯想到含笑花，幼時常住淡水鄉下，庭院有一欉含笑花，每天清晨花開，藏在葉間，不顯露，徐風吹來，幽香四播。祖母在打掃庭院時，會摘一兩朵，插在髮髻，整日香伴。

及長，偶讀禪宗著名公案，迦葉尊者拈花含笑，隱示彼此間心領神會，思意相通，啟人深思體會，何需言詮。

詩，不外如此這般！詩之美，在於矜持、含蓄，而不喜形於色。歡喜藏在內心，以靈氣散發，輻射透入讀者心裡，達成感性傳遞。

詩，也像含笑花，常隱藏在葉下，清晨播送香氣，引人探尋，芬芳何處。然而花含笑自在，不在乎誰在探尋，目的何在，真心假意，各隨自然，自適自如，無故意，無顧忌。

詩，亦深涵禪意，端在頓悟，不需說三道四，言在意中，意在象中，象在若隱若現的含笑之中。

含笑詩叢為台灣女詩人作品集匯，各具特色，而共通點在於其人其詩，含笑不喧，深情有意，款款動人。

　　【含笑詩叢】策劃與命名的含義區區在此，幸而能獲得女詩人呼應，特此含笑致意、致謝！同時感謝秀威識貨相挺，讓含笑花詩香四溢！

自序

【輯一】房間

從外在房間到內在房間;從海內房間到海外房間,乃至於世界的房間;從有形的房間到無影的房間;從第一個房間到終極的房間。打開一扇門,裡面有更多扇門;打開一扇窗,窗外仍然有窗;失去一把鑰匙,千門萬戶打不開;失去一扇門,從此追逐地平線;從流浪過許多土地到擁有一紙房契,在四人餐桌的燈下咀嚼四人份孤獨;從木窗到玻璃窗,窺見不同形色流雲,無法復原的雲,與無法回歸的心情;從門外向門內窺探,充滿矛盾的心情;從門內向門外張望,預備勇敢奔赴暴風雨的決心;開了一扇天窗,試圖框住古代明月,希臘的星;總是企盼那扇老是密閉的門,在我刻意走過一千次以後的第一千零一次,為我瞬間洞開……

穿梭於諸多門戶,數不盡的房間形成令人心情複雜的迷宮。尋找出口,我迤往那會唱歌的房間走去;往那被鐮月割裂屋頂,從傷口漏下千萬顆星的茅屋走去;往那擁有上百個小藥櫃的小藥房走去;往那名為童年的房間前去……。

面對一扇敲不醒的門，最需要的是鑰匙；最怕的是封條。

【輯二】水黃皮

某個秋日，我忽然發現，樓窗外一棵開花的行道樹。

沒錯，是因為她開花，我才注意到她存在，天地之間一棵不知名的樹。

從此，我時常踱到窗邊，心神被朦朦朧朧的紫色花影搖曳，我凝望她，我思索她；她成為我的祕戀，我的謬斯，我的魔鏡……

詩，不求自來，彷彿春季止不住花開，花香蜂蝶自來……。文字湧現，見證我和她的關係。

一棵距我不遠，卻始終無法近身繞她三圈的樹；她從別處被剷出移植到馬路中央，我則歷經人間條件層層篩選，終於與她接壤在淡水新市鎮的某條馬路旁，我與她隔著馬路相望，彷彿隔著深淵萬丈！

一棵在春秋兩季開花的樹，我輾轉得知她的名字叫做水黃皮。她與我相似之處在於她開出紫花，而我喜歡穿紫衣戴紫花；紫色是她命中的注定，紫色於我卻僅僅是裝飾，但我對紫色的癡迷，卻也是無法擺脫的命定。

她被罰站在馬路中抵抗九重風九重雨，她在生命循環中花開花落，她讓我對季節遞嬗敏感，她讓我充滿期待，即便在不是花季的日子，我也聞得紫色幽香。

【輯三】石頭記

其實石頭也是有溫度有激情。因為兩顆白石暗中激吻迸出火花,而把史前世界照亮,把石器時代的冬天烤暖!

石頭,沉默之至者,抑是沉默之智者,即使被擊打也不吭一聲,讓人心生敬畏;他那沒有表情的表情,神祕莫測。

石頭任我著色,任我揣測:坐禪如老僧,低調害羞如女人,沉默思索不盡如哲人……。

石頭,有時被人拿來當武器或刑具;有時被人拿來砌造住屋,遮雨蔽日。他是善石或惡石,存乎人的一念。石頭若有知,必定立志當人,讓人變成石頭。

古老的遊戲教導人,當你遇到石頭千萬不要用剪刀對付它,而要用溫柔的布包覆它。人類顯然並未從中學得教訓,石頭老是遇見剪刀的頑固!

【輯四】一條溪

溪流,並未穿越我乾旱的童年,因此不屬於我懷舊戀古的範疇;但也因其未曾灌溉過我的故鄉,反而令我格外渴慕。及長,在英國溫德米爾(Windermere)湖區走過清淺小溪的小石橋,如今在淡水有公司田溪蜿蜒入海,數不進的溪流則藏身在圖書中。

溪,源本潔癖,在時代中轉折,慘遭工業文明染指。在魚

的故鄉，有魚的鄉愁與悲淚。

我把一條溪導進詩裡，匯入文字海。在隱喻的世界中，溪具有各種面向。一條溪，像水蛇自山頭竄出；也像一條長舌，記憶母語甜蜜溫柔，而一路歡唱兒歌。一條溪日夜不懈流向大海，可能是私奔獻身，可能是要佔有大海壯大自己，可能像個變心的女朋友頭也不回跑掉，也可能因絕望而投海自盡……

被時代殘害的溪無力自救，無法逃亡，我只能用文字漂白一條變色變味的溪。

【輯五】續病毒無公休

我在《病毒無公休》（釀出版，2021年）中寫世紀瘟疫，從2020.01.31寫到2021.06.13，詩集出版後病毒尚未饒過人間。在病毒不斷求存變異中，在瘟疫無盡蔓延時，此輯延續《病毒無公休》的精神，繼續以文字見證災厄中人性的黑暗與光明。

因疫情延辦了一年，2021年奧運在日本東京舉辦，「中華台北」隊在開幕式意外提前進場，更意外的是日本直截了當正名台灣，「台湾です」「台湾です」之聲激動台灣人的心，那是在家防疫中最解悶、最難忘的一刻！

捷運車上，人們總是戴著口罩，看不出表情地用兩指滑手機，那動作像極了神祕手語。在專注滑手機中，人們暫忘病毒的恐懼，卻也無視車窗外台灣欒樹蒴果繽紛的祝福。

　　儲物櫃有一尚未拆封的牛皮紙袋，那是2020年日本友人來台北參加國際書展之後，寄給我的口罩，在一罩難求的當時，不啻是最珍貴的禮物！我的體內也流有日本贈台的AZ疫苗，為我對戰病毒。白天有烏雲，夜空掛著金星，瘟疫時代人性的美與醜，用詩照見。

房間

010

目　次

【輯二】水黃皮

014

【輯三】石頭記

【輯四】一條溪

【輯五】續病毒無公休

【附錄】西／庫爾德／英／孟加拉／法語譯詩

020

【輯一】

房間

巴黎房間

缺少衛浴
一床一桌一電鍋
過小的房間*
容不下妳
放眼宇宙的視野

除了抱棉被孵夢
妳都枯坐
在只容一張小椅的門口
一抬眼就看見
半個巴黎的繁華與憂鬱
流雲幻化
艾菲爾鐵塔堅持朝聖天空
妳的輕愁
不知不覺被飛鳥啣走

妳此生住過
面積最小風景最多
的房間

*詩寫藝術家朋友Anny的親身經歷。

2021.03.16

《笠》343期2021年6月號

非洲房間

房間不採光
人生不晦暗
小床夜夜蔓延天大夢想

大雨一來
會像船隻被沖走
單純用來睡覺造夢
屋
有頂就好

非洲人群聚門口
吃飯聊天舞成甜甜圈
不毀的水晶燈懸在長空
最寬容的沙發是大地
無價音響是比美夜鶯的金嗓
草木榮枯與星雲變幻
是比電視劇更營養的節目菜單

*詩寫藝術家朋友Anny多年前所見。

2021.03.16
《笠》350期2022年8月號

書房

書房名為哲學
　　　　詩集
　　　　未來學
　　　　歷史

字
住居書頁
如囚徒似隱士
像集合住宅居民

文字堆砌童話城堡
文字長出奇異藥草
文字開出繁花
文字合奏交響

文字窩在書房
靜待雙手翻閱
靜待眼睛翻譯

靜待耳朵聽見
靜待心心相印

閉關在書
房中修練
須
耐住寂寞！
耐住寂寞！
耐住寂寞！

文字不老
多少年後
一雙眼睛閃電
發現你
不朽

2021.03.16

《笠》343期2021年6月號

鬼抓人

小時候
我玩了許多鬼抓人的遊戲
有時人變成鬼
有時鬼變成人

現在
我想要一個房間關押眾鬼
等我長足勇氣
再對決

鬼，埋伏竹林裡
鬼，躲在舌下
鬼，潛伏心中
鬼，藏身在鬼群

青面獠牙或唇紅齒白的
鬼
吼聲如雷或吐字似蜜的

鬼
冷血或泣血的
鬼
不知自己是鬼還扮鬼嚇人的
鬼

大鬼也有不得已
也有所憂懼
小鬼也需被理解被收驚
被心理師療癒

我
是不想被關押的
鬼

2021.03.16

《笠》343期2021年6月號

我想要一個房間

我想要一個房間
藏眼淚
眼淚被時間風乾
鹽花似雪
房間變成悲傷紀念館
故事鹹鹹苦苦
像
別人的

我想要一個房間
典藏含血沾淚書寫
卻未被挖掘的文字
人不愛見證血淚文字
卻時時創造血與淚

我想要
一個密室
容我剝掉層層面具

卸下快要變成皮膚的防護衣
我將與巨大的孤獨
同居
相愛至死

一個寧靜的隱形祈禱室
於我心深處
讓我隨時隨地跪求神
修補不斷的破口
成為最初的我

2021.03.16
《笠》343期2021年6月號

終極房間

終極房間
是你溫柔心房？
抑是
不獲一絲陽光的一罐黑暗？

神
偷笑

2021.03.16
《笠》343期2021年6月號

房間

大海說：
我是大地的房間
大地說：
我是山與海的房間
天空說：
我是日與月的房間
也是世界的天花板
宇宙說：
我是天地萬物的房間

我的眼睛說：
我是星星的房間
我的耳朵說：
我是萬籟的房間
我的心
是宇宙萬象的房間

2021.03.16

《笠》343期2021年6月號

回不去

入住海內外多少房間
郵輪、山中、海邊……

聽見妳第一聲啼哭的房間
讓妳睡成一頭豬的空間
小燈泡開得像成熟的金桔
蚊蠅嗡嗡聯手進攻蚊帳
蟑螂深宵開派對
蜘蛛絲網住激情蟲鳴

月亮鐮刀戳破茅草屋頂
漏下千萬顆星星
照亮妳童年夢境

甦醒
星星——化塵灰
那房間

妳一生心之所繫
回不去

2021.04.11
《笠》343期2021年6月號

跨進嶄新門檻

跨進嶄新門檻

妳練習愛上那幾片

妳名下的白牆壁

秋天的照片站在床頭笑出春意

小提琴拉出懷舊旋律

馬路對面

住滿一片人工移植的樹林

妳開窗欲迎鳥鳴

卻被車聲衝撞耳膜

妳獨擁四人餐桌

吞嚥四人份孤獨

新故鄉

貓與狗垂首流亡

從他們眼睛

妳讀不出憂不憂傷

擁有房契的鎮民路邊晨跑

從他們的臉孔
妳讀不出快不快樂

妳終於擁有
屬於自己的房子
像無名指擁有一圈戒指
手中握著一把
千萬幣值換來的鑰匙
但打不開童年
那房子

2021.04.14
《笠》343期2021年6月號

他流浪花都

他攜帶一片影子
流浪花都
在塞納河畔在公園
狩獵冬陽與暖氣
雙手捧書
非用來托碗乞討幸福
雙腳追逐流雲
不為一片屋頂奔忙至死
一坐下來就忘我啃書
天空塌下不會壓垮他的房產
不須憂慮保險箱不保險

他安居
在肥沃的思想流域
字字築成避難所
書本堆砌天堂
窗景與眾不同
躁進的腳經過他身邊

勿投射陰影在他心上
勿驚擾他深度思考

2021.04.17
《笠》344期2021年8月號

不願遺失的物

我想要一個房間
鎖住一個不願遺失的吻
如果可能
更想收回錯失的禮物

禮物
因上帝錯誤包裝
又無標示
不被覺察是恩賜

毒藥
因魔鬼用糖衣裝飾
用鮮花般辭藻標誌
被誤當甜物

昨天被奉為寶物
今天變廢物

今日毛毛蟲
明天蛻變為彩蝶

眼淚與珍珠
何者是禮物？
眼淚可以變成珍珠嗎？
珍珠可以交換眼珠嗎？

2021.04.18
《笠》344期2021年8月號

擇屋

講究門當戶對
妳挑選房子
房子挑選妳
相親般過濾種種條件
檢驗門檻與風水
做了不知道正不正確的選擇
妳跨進陌生房子
開展人與房子的故事
結局
妳變成房子的遺物
或
房子成為妳的遺物

身在黃金屋
眼望鑽石屋
天堂存在豪宅裡嗎？
地獄存在陋室嗎？
天堂存在

於精雕細琢的房屋廣告詞
地獄存在
於埋葬笑聲的魔屋

2021.04.20

《笠》344期2021年8月號

突尼西亞臥房

突尼西亞國父故鄉
偉人埋骨之都
夕陽鍍金傲人古蹟
新城區提供生活便利
主人感恩擁有一百零一分居所
他用一把鑰匙
開啟我的好奇心
我隨他跨進庶民庭院
穿越白玫瑰與茉莉花香
進入他祖傳的房子

突尼西亞尋常臥房
牆壁掛滿列祖列宗肖像
圖像族譜一目了然
環護子孫如一張一張護身符
祝禱後裔展翅的夢想
歷代祖先愛的能量
突破種族藩籬

衝破時空的框框
血液溫暖流傳
代代子孫心房

2021.04.25

《笠》344期2021年8月號

房與人

房與人
互相見證
生 老 病 死

妳最初的房間
早已讓位
給新公寓新主人

妳的新房也已邁入初老
經歷整型彩繪
重獲亮麗新外皮
妳心中依舊擔憂
體質日衰功能遞減

返鄉
看見村屋半成廢墟

妳
右腳踩在回憶的沃土
左腳急於抽離

2021.04.25

《笠》344期2021年8月號

矮房

矮房唧一根粗煙管
一枝火柴棒點燃
人間煙火
家的味道飄散四方
炊煙升起如烽煙飄舉
傳遞訊息給遠方

妳住居
在向巴別塔看齊的高樓
住得再高望得再遠
望不見母親
升起的那管裊裊炊煙

鳥在電線桿上尋覓
密林窩巢

2021.07.05
《笠》344期2021年8月號

房間塞爆

一箱情書褪色
一段情緣逾越賞味期
一紙證書蒙塵蟎
一幕一幕連續劇
無法自腦海謝幕
回憶如空氣
塞滿房間揮不去

讓人窒息的發霉氣味
把妳絆倒的變色日記
阻礙伊踏入的老舊紀念品
無法產生新故事的舊房間

日曆一頁一頁撕去
物
占領房間讓妳一年一年考古

2021.07.14

《笠》350期2022年8月號

有沒有房間

有沒有一個房間
能像一朵盛開的玫瑰
讓人如蜂似蝶
沉醉其中死於其間

流浪的人
從浪濤中重返地平線
尋求一個夢想的居所——
那房間應該擁有一個庭院
那庭院應該擁有一棵樹
那棵樹應該擁有一條花徑
那花徑不該被殘葉吞沒

流浪的人
還在
流浪於枯枝
與枯枝之間

2021.07.14

人與鳥

小鳥擁有比鳥巢高大的天空
人擁有比房間遼闊的夢想

小鳥築巢在人的屋簷下
人住到樹屋鳥瞰萬物

2021.07.14

房門開開關關

房門開開關關
腳步進進出出

跨進這門檻
能否再邁出一步？
推開這扇門
能否再進入？

從這房到那房
妳跨越重重圍牆
負傷抵達
無門可進入

從那房到這房
你找不到回頭路
或者
找不到門
丟失了鑰匙

房門開開關關
房門關關開開
直到最後一次
開　或　關

心門開開關關
房間進進出出
故事更新

2021.07.19
《笠》350期2022年8月號

選擇

該與擁有三個共同朋友的人做朋友
或者
該與擁有三個共同敵人的人做朋友？

該選擇
愛人
或者被愛？

面對命運
該學習蒙娜麗莎
或者發出孟克的尖叫？

面臨打擊
要縮成一隻烏龜
或者化為一頭雄獅？

經過千個十字路口
萬個念頭

相隔千萬里的你我
終於在此
關在同一囚室
但願
你是我七世的知己
不是仇敵

2021.07.24
《笠》350期2022年8月號

默許銀月偷看

室外
妝容精緻驚豔萬眾
室內
綻放素顏

一朵曇花脈脈
默許銀月偷看
默盼金星詠嘆

越來越素白
越來越愛
自閉在室內
盛開
不為蜂不為蝶

2021.07.24
《笠》350期2022年8月號

開關

人被門吞入
消化
人被門吐出
殘渣

人被人棄
人不自棄
站成門神
刀槍不入

由人進階
鬼或神？

2021.07.24

童話屋

用金錢堆疊高樓
上層踩踏下層
阿公時代建物在新建築群中
雞立鶴群

一式的集合住宅
害眼睛疲勞失去期待
暗夜每棟大樓門窗剔透
都用燈光點亮夢想
替代已經死亡多年的星星

矮矮的童話屋
胖胖的糖果屋
在新城鎮是違章建築？

2021.07.26
《笠》350期2022年8月號

燈籠

黃昏
天地逐漸失明
街道
吞完文明的塵囂

玻璃窗亮燈
紛紛橘黃
樓房變身巨人國燈籠

人性趨光
在燈下上演深情
一齣齣愛的連續劇

何時
你才會望見？

每夜每夜
我都為你點燃自己

2021.07.27
《笠》350期2022年8月號

倉庫

在棄與留之間
在愛與不愛之間
妳尷尬的
存在

曾被深愛或被聲稱摯愛
曾被供在廳堂或珍藏密室
曾經驕傲的尊榮的光明的幸福的
存在

長期被人定義自己
妳已無從自我定位
梵谷落入無知之手
星空被丟入雜物之間黯沉

或許妳已淪為備用之物
在被重新利用之前
必須保證──

不露瑕疵
沒被澈底遺忘
未遭其他雜物埋葬
沒有比妳更新的備用物

物件進多於出
唯有老鼠確知
妳存在倉庫的方位

2021.07.28
《笠》350期2022年8月號

我的家

你把房子加大加高加固加亮
把毫無印象的媽媽
把養育你但人間蒸發的阿媽
把長期離家的姊姊
統統塞進屋瓦下

你把家屋搬遷
到翠綠山岡前
屋前小河載著母魚小魚蜿蜒旅行
你的家庭真可愛
臉紅的太陽笑彎45°嘴角
屋外一座大花園
千朵向日葵仰望太陽
向天空祈禱

2021.07.28

《笠》350期2022年8月號

會唱歌的屋子

雷公閃電
大人愁雲滿面
雨從屋頂裂縫潛入屋內
你早已習慣用塑膠臉盆塑膠水桶
接收雨水合唱滴答

雨一滴一滴漏下
快板──慢板──
唱歌的屋子泛起漣漪
快樂一圈又一圈

只有雨天
苦勞的父才能准假鋤頭
視障的算命仙才會拄著柺杖
不知自何處來到迷茫的村中
為有點閒錢的鄉親父老指點迷津

2021.07.28

《笠》350期2022年8月號

竈

陰暗廚房
一面不擅採光的小窗
一扇開關時咿呀鬼叫的木門
一個豪邁大竈

從風霜中逃回
從暴雨中撤退
妳衝進廚房偎向竈門
讓火舌嗶嗶剝剝
隔空吻乾手舔乾淚
直到
妳的臉恢復紅蘋果
心中埋下火種

妳再次挺進風中雨中冰霜中
想念
已無柴薪的竈坑

2021.07.28

廚房

從大竈到瓦斯爐
從乖女兒到賢妻良母
從學會起火到時常忘記熄火
妳在柴米油鹽醬醋茶中
蒼蠅團團轉

油鍋刀山火刑
在砧板爐竈間活生生體驗
妳揮動鍋鏟
鍋子以油煙餵飽妳
手忙腳亂洗米炒菜
趕不上家人飢餓速度
眾人只聞飯菜香
未見妳像一團火燃燒

有時妳把愛心燒焦
或許妳的手擺錯了位置

妳更適合煮字煨詩
可惜無人飢渴喊餓

2021.07.29

實驗室

面對食材有限
女人充分發揮
實驗家精神

誰與誰結婚
誰吃醋
誰吃豆腐
誰跟誰吃苦
將產出何種化學變化？

甜遇酸
交融出戀愛滋味
鹹遇苦
說不出的滋味滲入骨髓

實驗再實驗
品嘗再品嘗
尋找終極幸福配方

討好全家人腸胃
妳早已忘記初戀滋味

2021.07.29

衣櫃

絲襯衫、黑西裝、格紋大外套……
掛在小學生的衣櫥
母親預期你成為
大藝術家
她砍掉旅行費
送你一把小提琴
你給自己一根球棒
夢想揮出人生滿貫砲

你換上不同衣服
如更換了一副靈魂
球衣球帽被你走私進駐衣櫥
擠掉母親多年幻想

被你一棒打醒
母親實踐運動家精神
把戴在你頭頂的貝雷帽摘掉

把繫在你頸項的領帶解放
你成為衣櫃的領袖

2021.07.29

室內植物

只因被一眼看上
妳被移植室內
成為主人私藏

主人沒顧慮妳是否水土不服
主人有能力為妳每日澆灌香水紅酒
但妳只想要痛快淋雨
主人用水晶燈誇耀妳
但妳只需要陽光照亮妳的存在
主人用冷暖氣與酒肉香讓妳深呼吸
但妳想要親歷暴風雨
想要用肉身對抗冰雪
主人耐心修剪
妳忍不住長出的厭世枝條

妳是一棵室內植物
備受呵護

但妳只求主人
把妳和全世界關在豪門外

2021.07.30

更衣室

夢想成真
妳擁有
一間大更衣室
一面大穿衣鏡

講究個性
穿著不許與人撞衫
標榜品味
全身上下彰顯設計感
追逐美服
如春蝶追求奇葩
尊崇時尚
如飛蛾一頭衝入焰火
衣飾一件一件蒐入儲藏
更衣室儼如高級服飾專櫃
歷年流行服飾博物館

衣物塞爆櫥櫃
難得外出亮相
妳苦於選擇困難
想要戒掉購衣癖
卻不若穿脫簡單

2021.07.30

藥房

越過一個小村莊
怯怯走入一間小漢藥房
好多好多個小小藥櫃
像百寶箱
藏著百病的殺手

一劑藍色藥粉
藉紙管輕輕吹送喉嚨深處
仙丹靈藥
藥到消腫止痛

少女的妳
被告知藥房年輕老闆
被月亮悄悄下毒
餵養愛情以靈以肉
藥櫃獨缺解毒良方

經歷數千個日出月落
老闆尚有心跳
但一雙眼睛黯然
不再火星四濺
至今買不到解藥

2021.08.04

窄門

門內是天堂？
門內是地獄？

你不入地獄
誰入地獄？

地獄之門再窄
你還是奮力
把眼睛擠進去
擠進去！

靈魂落魄在門外
魔鬼撿去實驗室

2021.08.04

命運

和眾人一樣
你也不喜歡
老是洞開的門戶

你總是
在不對的時間來
門總是
在錯誤的時間關或開

在門縫貼上封條之前
你還是持續每週每日來
也許會有那麼一瞬
你剛巧碰上門
打開

那時
你會毫不懷疑門
是為你一人洞開

2021.08.10

城堡

用濕濕的沙耐心堆砌
雕塑一座夢幻城堡
讓公主與王子住進
把甜點送入
封鎖住幸福
童心是你進入的唯一護照

小手堆疊如盾的城牆
深挖長長的護城河
城堡卻無法自保
總是被潮浪吞噬
被爭戰的手推翻
被時間摧毀

城堡
屹立不搖
在超過一千零一夜的夢中

許多年後
你想在現實的土地上
複製一座
足以對抗潮浪、爭戰與時間的
城堡

2021.08.20

蓋房子

記取三隻小豬的教訓
蓋房避開招風處
記取海嘯悲劇
築屋遠離瘋狗浪
記取地震震撼教育
地基避開地震帶

把大門加大
以免冰箱擠不進去
把門檻加高
使凡人的腳跨不過去

你日夜追逐美金
沒空勇往茱麗葉的高牆下
在月色中彈吉他煉情話
你沒閒情送她99朵玫瑰花

大房子蓋好蓋滿
你風風光光迎進亮麗女主角
她擁有茱麗葉姣好的剪影
無刻骨的愛情

2021.08.24

安棲過高枝的小鳥

安棲過高枝
小鳥為斧鋸之下的樹發聲
徒勞的辯護

棲在高空囚室
凡人費一生血汗澆灌
無根的房子

林中鳥被迫分飛
難民流亡
在雲與雲之間
在高樓與高樓之間
緬懷故園

巨廈割據土地
高樓搶奪夕陽
一旦層樓消逝如海市蜃樓
小鳥將啣來種子

吐在廢墟
等待春雷激勵

2021.08.26

千門萬戶打不開

古早村屋
木門笑口常開
方便左鄰右舍穿梭
親友往來互贈食物
相思樹在庭院鋪上黃花毯

現在的人
住在鐵窗內
心門上鎖
冰箱塞滿各國美食
在集合住宅過著隱居的生活
像機器人不需要鄰居的禮物

2021.10.11

一個小小房間

屋頂
請為我遮風蔽雨
留一扇天窗流瀉光瀑
每粒飛塵都像碎金子

窗
請給我流雲燕子以及
她的笑靨……
流動的風景勿蒙陰影

門
請拒絕眾鬼
只迎進天使與神

牆
請立正站好
不被風雨推翻

房間
088

我也是
一個小小房間
留一道心門
迎你進
任你出

2021.10.23

理想家屋*

收納寒冬陽光炎夏蟬唱
窗口框住玫瑰與鳥雀
偷窺妳低頭微笑寫信
燈火閱讀原木書架
詩人與詩人比鄰
相互欣賞不相互排斥

理想家屋
非兩性的戰場
非奴隸制的溫床
入住的不止有身體
每個人都是思想家
擁有一張平等的嘴巴

理想家屋
用愛粉刷
不怕掉漆

*回應詩人林鷺〈智者〉，好詩引發我對家屋的想像。

2019.10.29

新舊

過小的制服
穿不下你的現在
墊肩的晚禮服
屬於上一個世紀

重度戀物癖
不同年輪留下不同遺物
豐富編年史

把丟不掉的舊
——搬進新址
老枕頭枕著新床鋪
孵著創世紀的舊夢
新時鐘遵循老傳統
對著牆壁滴答不止

舊的我
被每一個日出更新
我依然懷念
戀舊的你

2021.01.19

尋屋

走入中古屋
用放大鏡四處搜索
查看是否有惡魔
藏在牆角或者天花板

妳害怕聽見病人
在拚命為肺葉爭取一口氧氣
妳察覺某任屋主
基於風水改變原本格局與擺設
在供奉神主牌的幽暗客廳
妳甚至感覺背後
有股莫名的力量

全新屋子
粉刷橄欖綠
清新純淨空氣流進妳心窩
沒被住過的屋子沒有鬼故事

妳為自己供上瓶花擺上紅酒
閱讀白雪公主！

2021.12.05

一遍一遍瞎猜

一道門
進出間
有人開啟了些什麼
有人關閉了些什麼
有人少了些什麼又多了些什麼

露在門外
你
只能一遍一遍瞎猜
被牆遮蔽的事

2021.12.05

洩漏身分

你素顏走進門
戴著面具出來

你也認不出
摘掉墨鏡的我

忘記化妝的聲音
偶爾洩漏祕密

2022.01.22

病房

□□醫院□□大樓□□病房
不是長壽電視連續劇的道具
妳躺在生與死之間
難以翻身
如永夜的新生活
地平線與天際線
永遠的鄉愁

妳和看護建立
如婆媳微妙關係
我和妳說話必須特別警惕
怕說出真話戳傷自己的心

醫院大樓外
陽光吻遍街道
一邊迎親車隊一邊送葬隊伍
交會出一種詭譎
不知多少個

毫無病識感的病患遊走人間
他們經過醫院時
為病人獻上悲憫

2022.01.26

鑰匙只認一個鎖孔

一把鑰匙遺失了他的鎖孔
千門萬戶不得其門而入

鑰匙只認一個洞
至死回不到
自己的房間

舊鎖孔與新鑰匙
早已訂立新婚約
舊鑰匙不知道
愛情早已生鏽

2022.02.16

被動接吻

被動接吻
兩扇紅門
把人鎖進紅眠床
與燈火對看失眠
或
沉入夢鄉

人往新夢裡去
追尋舊夢

夢
隨月娘私奔
把主人拋給時間囚困

2022.04.29

打開身體

打開身體
迎接迷路者進來思考前途
接納困頓者逃來擦乾淚珠
讓被雷雨施暴的都能找到避風港
讓心靈受創的都能安心包紮創口

關閉身體
拒絕已經療癒的生靈
萎縮在自己小小的體內
要讓翅膀重振高空
讓雙腳重新適應大地的冷暖
讓天空看到復活的翅膀
讓大地被嶄新舞步踩出心跳

2022.09.04

移植

妳
流浪多年
在山與海之間
追尋根的定點

妳
撫養孩子
在遮風蔽雨的堡壘
供給牛奶蛋糕
給予夢的搖籃
妳的禱詞是他們的氧氣

數十年後
孩子把妳拔根移植
妳站成窗口的枯木
在養老院眺望
流淚的天空

2022.12.20

鑰匙

你祈求一個房間
用來
裝美夢
裝愛情
裝生命

你犧牲了愛情
你犧牲了健康
換得一幢金屋

你
找不到幸福
的鑰匙

2022.12.20

無契約

不因充滿笑語而滿足
不因變回空殼而空虛
不因你開心而狂喜
不因你悲傷而沉重

被銘刻春花影像
被抹除秋月笑容
一千零一個表情
皆你所賦予

變成一則傳說
那個房間
長住妳心房
未訂過一紙契約書

2023.01.05

是我看錯風景？

佔有地球一角
成為世界具體的風光
堅持在紅土丘上
不想輸給風
不想輸給雨
不想輸給地震
不想輸給怪手
不想輸給時間

被油漆被粉刷
從擺放鋤頭
到屋角堆放一疊教科書

走過這片土地
很多人
沒有讀到古屋
看見更多房間

是我看錯風景？
還是他們錯看風景？

2023.01.05

水黃皮

01

繁葉半掩
紫花迷離
深秋匿藏春意

我看不清楚
行道樹的妳
為了畫出花的形貌
我一再臨窗揣想
祈請秋風幫我撥開
妳濃密的秀髮
給我驚喜

只要一朵就好
只要一朵就好
讓我完整妳
的畫像（2021.10.06）

02

春天凋謝了
夏天畢業了
秋天滿月了
我都看不見妳
的存在

深秋
風敲打門窗
忽然發現樓窗外的妳
和我一樣酷愛佩戴紫花
不為他人只為自己
我因此愛上妳
生出無限歡喜

我不知道
如何使用妳的言語
請問：妳的名字？
偷香的風也無法告訴我（2021.10.06）

03

終於得知妳的名字
妳有黃色的名字
命卻是紫色

我與妳不同
紫色只是我最鍾愛的顏色
只是我外表的裝飾
我的生命是什麼顏色？
我
不比妳清楚

紫色
讓生命與生命連結
花啊
不要凋落！
不要凋落！
不要凋落！（2021.10.06）

04

因為花開
夢幻紫
成為觀景植物

我穿紫衣戴紫花
若因此
成為觀景之物
我會淌下紫色淚珠
我將蛻掉紫色皮
做回原初的我

而妳不同
妳有開花的使命
妳有繁衍後代的義務
妳沒有可蛻的皮
妳的生命屬於紫色

當我蛻掉紫色

我有快樂

也有不快樂

至於我屬於何種顏色

不要問我（2021.10.06）

05

聽說妳可以活到一百歲
妳正當生命的春天
還有許多葉子要冒出
還有許多花要爆發
還有許多蜂蝶要追求
而我不知道
能再為妳數算幾圈
年輪

若可以開花
我想盡情開放
若可以結果
我會勇於承擔使命
若可以撒種
我要遠避荒瘠
求神賜我應許之地

　　儘管我有許多
　　許多紫色聯想
　　我唯一能做
　　為妳寫紫色詩（2021.10.06）

06

妳能活到一百歲
比栽種妳的人更長久
妳因此快樂嗎？
妳因此謝神嗎？

像根深柢固種姓制度
妳被分類為行道樹
遭發配至路中央罰站
直到某天躺在分隔島
車子依舊棄妳而去
不發一聲嘆息

倘若妳的後代
承襲妳的位置
複製妳的命運
妳會為開出繁花
而欣喜嗎？

妳會為結出滿樹種子
而慶祝嗎？

但開花是本性
但結種是義務
祖先的話
妳要複誦給後裔複誦嗎？（2021.10.06）

07

聽說妳長相如蝶
我因為距離
始終看不清楚妳
只因妳擁有夢幻紫色
深深戀慕妳

蝴蝶萬人迷
若蝶翼失去
迷人色澤惑人姿態
全身只染枯葉的褐
只剩灰燼的黑
我的愛火能否燃起
只因她是一隻
名叫蝴蝶的蝴蝶

蝴蝶袖洋裝
令我瘋狂
陷入春天的夢幻

但只在
挑對顏色的時刻（2021.10.06）

08

白天
我時時
不知不覺走到窗邊察看
花朵是暴增或銳減？
自我中心的風
把花據為己有
忽藏忽現給全世界

夜來
暮色抹殺妳紫色笑容
掩蔽妳軀體
弱視的路燈看見妳
輪廓灰灰綠綠
失去花名的樹啊
佇立在夜暗的無涯無際

紫花，閉上我眼睛
我知道妳存在

我深刻感覺妳存在
妳存在妳的呼吸裡
妳存在我的心跳中
妳存在一團模糊裡
妳存在朝陽的白日夢
妳存在蝶翼的愛慕裡
妳存在秋風的旅途中（2021.10.06）

09

我用手機拍照
拉近視距
還是拍不到妳
紫色笑容

聽說妳吐出紫花幽香
但我只能憑空想
像
白玫瑰？梔子花？香水百合？
我羨慕露珠融入妳
體味神祕

我對妳如此不熟悉
我對妳的愛如此真實存在
我需要穿過車道
進一步認識妳
或是認清我自己嗎？（2021.10.06）

10

倘若
妳沒有開出紫花
我便無法看到妳
也無從辨識妳
在夜裡在晝間
在安全島上
即便愛情賜予我一百次
遇見妳的機會

紫色、蝶形花
成為妳的身分證件

花形
不小心洩漏妳內心
花語正是：渴望飛翔
妳沒有挑戰天空的真實翅膀
因此羈留我窗外
我是否該為妳的不幸慶幸

倘若

有一天

女人花容迅速枯萎

愛情是否從此

不認她（2021.10.06）

11

我因愛妳
而愛上窗戶
妳是否誤會
我因為愛上玻璃
而勤加拂拭？

妳被移殖
成為行道樹
蝴蝶誤解妳因愛車
一直站在危險的馬路

倦於揮動手絹的時代啊
蝴蝶背對妳
穿入密林（2021.10.06）

12

我就這樣
渴慕妳
沒有口語沒有肢體的愛
只有心
跳動
舌頭不會成為愛情
的弓箭

隔著頑固的玻璃窗
隔著像深淵的車道
我甚至無法確證
妳是否真實的認真的
看過我一眼

柏拉圖的忠實信徒
甘於不喧不噪
安安靜靜的愛
而妳呢？

隔著一道無法穿越的玻璃牆
隔著一個堅定的信仰（2021.10.06）

13

妳
一面凋謝
一面繁榮*

我
一邊惋惜
一邊驚喜

如果愛情
也如此
一朵花落馬上兩朵遞補
就不會有
缺角的遺憾

秋風洶湧
紫花浮沉綠浪中

生滅
像極
我秋天的心情（2021.10.06）

＊水黃皮樹一邊綻開花體，卻又一邊凋謝落瓣。

14

神　讓妳懷孕

秋風　強行墮胎*

秋風保證自己是真愛

一陣風比一陣風野蠻

妳為繁衍

全身長滿力量

對抗暴烈

妳因母性堅強

立於不敗之地

任憑秋去冬來

每一陣風都是妳的

敗將（2021.10.06）

*水黃皮又名九重吹，因枝條強韌耐風吹。

15

妳愛上春光
妳戀上秋涼
因此獻花因此結種
因此向長空向大地欣喜展現
豐滿的自己

我或許愛過春天
現在我深刻知道
我愛秋天
尤其有妳的紫色深秋

不知道自己有多麼純潔
一隻輕飄的小白蝶
飛過高樓成林的新市鎮
越過凋殘的朝顏
未經妳許可
深吻妳

紫花
其甜如蜜

兩隻蝶
成為我的眼睛
醉醺醺（2021.10.06）

16

妳因不是名花
不被供在溫室
不被柵欄圍護
不被千萬隻眼睛關注
不被捧在手掌心溫暖呵護

妳因不是名花
沒有鎂光燈為妳聚焦造神
沒有多少人知道妳名字
沒有掌聲的生活
妳獲得相對的自由
妳可以專心開花結果
妳開花妳結果
不為路過的眼睛作秀

因妳不是名花
妳可以完完全全
屬於孤獨王國的我

安坐在孤獨的寶座

我為妳

寫詩

寫詩（2021.10.06）

17

妳的綠葉過於繁榮
且比許多樹的葉子過敏
風
一輕輕碰觸
妳
立刻發瘋或
發抖不止

風因此最愛
一再對妳挑逗
但始終不懂
妳的發抖是怕還是
愛

怕或愛
是唯一答案嗎？（2021.10.06）

18

雙腳行過妳面前
四輪滑過妳身邊
雙翅掠過妳花冠
妳是
沒有腳的樹
擁有
沒有真翅的花

烈風灌頂
枝葉颯颯狂舞
我聽見妳內心
鼓動千蝶
我用念力
助妳全力加速（2021.10.06）

19

我這樣
給妳寫詩
像熱衷寫日記

早上寫妳
鍍金的
陽光面

下午寫妳
越拉越長的陰影

晚上寫我
暗暗生根的戀
悄悄開花的願

我為妳寫詩
我想告訴妳
又不想告訴妳

保守住的祕密
說不出的神祕
讓愛
不受傷害

為妳偷偷寫詩
比詩
還詩（2021.10.06）

20

妳
成為我愛上秋天的理由
妳
讓我害怕秋天被風捲走

時間尚未出手
秋風搶先偷竊
當花瓣像日曆
被撕盡
我用等待為理由
存活

下一個花季
屬於妳
也屬於我（2021.10.06）

21

不知不覺中
妳成為我的謬斯
我心中惦念妳
我眼睛離不開妳
我窩藏妳在紫夢中
我因此暗自感覺
幸福

妳成為不知情的謬斯
為我枯竭的靈感
噴湧文字的春泉
我默默感激妳
或許妳該擁有
知情的幸福

或許
不知情
才永恆了幸福（2021.10.08）

22

從同一個角度
我看妳
不知道我看到的是
妳的左面
妳的右面
妳的正面
還是
妳的反面

這一面
完美如蝶
另一面
有沒有傷疤？
妳希望哪一面被看見？

妳在車道中
我無從繞妳三圈
完整閱讀妳

妳的細節裡有沒有

暗藏魔鬼？（2021.10.09）

23

我在
不是花季的時候
遇見
花季的妳

不勞學習
我的眼睛自自然然擁護妳
我的心讚嘆妳
未經粉飾的美麗

我在妳身上
破獲被時間偷走的自己
在我身上妳是否看見
楓紅如血的堅持
面對傷口我總是躲在洞裡
用文字復仇

冬至
不是我的花季不是妳的花季
我依然聞得
花香四溢（2021.10.09）

24

狂風掃來
妳的振動
是顫抖還是戰鬥？

暴雨攻擊
妳的反映
是流淚還是反擊？

閃電突襲
妳是求饒
還是
焚而不悔

答案啊答案
不在颯颯秋風裡
在妳心中（2021.10.09）

25

蝶形花
嚮往漫天彩霞
真正的蝴蝶卻歛翅
伏在假蝴蝶身上
醉漢一般

蝶形花
終生學習真實飛行
振翅千萬次
終於獲得一次至福
飛向
死亡（2021.10.09）

26

在地下
樹根得寸進尺
扎進黑暗深處

妳的骨幹往上竄高
妳的綠葉往外擴張
妳的花朵向蜂蝶招喚
這一切
根都看不見
雖有遺憾但心甘
情願支撐妳一心向上
朝聖月亮

光潔之花
黑暗之鄉有
根
深愛（2021.10.09）

27

我每天以
愛
為妳施肥

我收穫
妳藏在枝葉間
窸窸窣窣的絮語
風無法翻譯
卻化為秋天的詩句

妳將
辛勤像園丁
撒種
在苦厄之地
在風的行旅中
在海的流域

我欣喜預見
這樣
美好結局（2021.10.09）

28

清晨
陽光與露珠
迫不及待閱讀妳
每片葉脈
每枚花瓣
每縷花香
那是我無法體驗的
祕密

深宵
新市鎮每塊磚瓦
每個靈魂沉睡
月光滲透妳花心
潛入妳深夢
那是
我無法經歷的
神祕（2021.10.09）

29

妳被移植這個路段
第一棵樹的位置
我被人間條件層層篩選
寄身到這棟大樓臨窗的位置
我們因此接壤
在淡水新市鎮

妳曾是一顆水流豆
幾經波折輾轉上陸
心中藏有大海
波瀾壯闊

我從山村被風吹進城鎮
經歷許多港口許多傷口
夢中鳥蝶群集
鼓動千翅（2021.10.10）

30

活著的人
沒有一個永久地址
漂泊過許多日子
也想定根
像深林植物
安安靜靜過生活

活著的樹
不敢說自己
擁有一個永遠穴位
如妳
一棵被人決定鏟出
移居的樹

對於妳
沒有鳥叫蟲鳴
不算是
有品味的生活

對於我
沒有激流獻唱
不算是
甜美的生活

妳與我
每天都在車道旁
求靜美的生活（2021.10.10）

31

在鹽地扎根的樹
開出夢幻之花
沒人知道樹
誕生於惡地

吃鹽巴長大的女孩
開出甜甜的笑臉
沒人知道她
是吃虧的性別
是吃苦的種族

眼看
紫色夢凋謝
眼看
紫色花盛開
妳讓
悲觀枯萎深埋
樂觀含苞迎春盛開（2021.10.10）

32

農夫從妳身上
看到牛車輪

植物學家
從妳軀幹
猜想妳的年齡

我從妳身上
讀到一本
空白筆記本

妳喜歡我
或其他人的眼睛？

妳似乎
比我具備更多可能性
我的未來是什麼？
寫在空白筆記本（2021.10.11）

33

午夜
風聲如濤
一場美夢
被秋雨沖刷掉

我臨窗
看妳
雨打在妳嬌軀
妳看似熱舞狂喜
又像拚命左閃右躲

妳
順服了風雨的意志？
妳
奮力抵抗暴君？

因為距離
我看不懂妳

因而想要

穿越妳我之間的

狂風暴雨（2021.10.11）

34

雨
是甘霖
是生命之泉
請溫柔傾注
勿以寵幸之姿

風
驅走憂鬱
送來詩情
是生活之必需
請溫柔親吻
輕輕愛撫
勿以霸王之態
君臨

妳成為受者
委屈求全
肢被斷折

蝶翼紛飛

死亡之舞

淒美訣別風和雨（2021.10.11）

35

我跌進
一個紫色夢
醒不過來

妳也在
如此紫色漩渦中

梵谷深陷漩渦
漩渦產生漩渦
暈眩的星星
迷宮的天空
許多人讀
不懂
許多人說
懂（2021.10.12）

36

向落日告別
向殘花告別
向蜂蝶告別
無盡告別中
妳漸漸
把花的重量放下
把天空的重量卸下
最終妳向自己告別
蛻化
紫色秋蝶（2021.10.12）

37

首度越過車道
仰頭看妳
因風雨或者時序
枝上僅剩紫色斑斑點點
陰暗天氣
眼睛焦慮
更加看不清晰
抗戰後的花容

樹下草叢
紫色蝶翼祕密囤積
殘秋意象
我不做林黛玉
不荷花鋤土葬花屍體
解開詩囊私藏
花魂（2021.10.14）

38

殘花將盡
枝梢搖曳深綠
小白蝶痛惜
最後的巡禮
風一直催促薄翼
離去！離去！

秋樹默默醞釀
下一個花祭

倚窗
我獨自完成一場懷舊典禮
回首
發現蒙塵的座椅
缺一條抹布
擦拭現實（2021.10.14）

39

戀戰或戀棧？
秋風柔性暴力
糾纏寸步難移的行道樹

凱歌或輓歌？
風聲之奧義
妳難以精確直譯

無花的街道
宣告冬天即將臨到

被花拋棄的眼睛
忽見群鳥胡鬧

花落
一再複習斷捨離
等待
是其遺留的厚禮（2021.10.14）

40

車道上
紫花從生到死
未看過海未聞過濤
有人跟妳描述海的壯闊
妳如何得知浪的張狂？
妳如何想像海面寧謐似藍染布？
天生盲者如何越過經驗
看見海的面目？

小時候
我的生活字典沒有海
唯有餐桌上的海味
那一尾一尾閉口的魚
從未為我描述海的喜怒無常

海岸是妳祖先的故鄉
同一棵樹的種子

順從不同風向
享受不同熱度的陽光

花是我
與妳最直接的連結
我的眼睛時時等待花開
如節慶渴望卡片如雪飛來（2021.10.14）

41

當花開似夢
我已聞得死亡氣息
當春蝶哀悼
花落似紫色紙屑
我已看見一顆種子
即將破土

當我嘆息妳骨肉分離
妳已在為下一個繁殖季
全力抵拒風刀雨箭
用肉身上演悲壯

我亦在
餘生每一日裡
每一首詩裡
生生死死
死死生生（2021.10.18）

42

漫長冬季
新市鎮若非細雨即是濛霧
像是詩的幽靈飄移
初春，我望穿
被雨抹糊的玻璃窗
妳渾身綠意
毫無懷春信息

一朝
我驚見妳主幹骨折
分枝各自向左向右傾斜
原來主幹存在
也是為了平衡視覺

妳用殘軀
繼續抵抗
人間暴風雨

我的視線
總是移不開
在那骨折的點
在那皮綻肉開的內面
我不覺得妳變醜
很少人能像妳
衵然向全世界
展示新鮮的創口

但會注意到妳傷口的
恐怕只有我
的詩（2021.05.03）

43

搭上公車
車窗外
沿途樹梢竟搖曳
紫色碎花點點
原來這是水黃皮花道

緘默而低調
樹啊
只在春風和秋風盤查下
才出示隱藏的身分證

樸素行道樹
像村姑
一旦彩妝
讓人認不出
啊，不
是讓人認出
佳人本色（2021.05.03）

44

在妳沒有開花的時日
我到公園
用相機對準每朵花容試鏡
但總擦拭不掉
那不存於現實
但紮紮實實存在內心的紫色花影

妳與我的相機
存在
最遙遠的距離（2021.05.03）

45

粉蝶投進美色
春風奔向香氣
而妳呢，女孩
妳為何而來？

紫花
其色誘人
其香醉人
而妳呢？
妳憑什麼招喚人前來？

妳是蝴蝶，妳是風
前來
既為色，亦為香氣
紫花為妳
兩全其美

妳非紫花
有人朝妳前來
若非迷路
則是天意（2021.05.06）

46

花蕾
剛剛冒出羞怯
就慘遇濕濕的霧霧的
梅雨季

窗玻璃外雨簾外
我的雙眸不再驚見
紫花向宇宙綻放嬌美
偶有蛾或蝶誤入室內
不斷盲目撞擊玻璃窗
聲音急促
自盡一般決絕

不斷點的
雨……
使得春天的花季短得像
我的詩（2021.05.09）

47

馬路再過去
樹林撐出一抹新紫
被萬綠擁戴的花后
阿勃勒用稀疏黃花串點綴
像紫花的僕從

我的雙腳
服從一股神祕力量
穿過馬路卻遭圍欄
無法深入樹叢訪探
回程我沿路仰頭
被樹冠遮蔽的天空
尋不到花容
紫花像春天的幻覺

我重返樓窗鳥瞰
眼睛再度捕獲妳
一心認定妳是遲開的水黃皮

理智一再告知
水黃皮花季早已逝去！（2021.06.18）

48

今年初秋
我把眼睛與時間
奉獻電腦螢幕
當中秋月已明顯消瘦
我偶然轉頭
視線穿過蒙塵的玻璃窗
肢殘的水黃皮啊
妳已花落
或者已過更年期
妳鄰居花開正盛
在風中搖舞在雨中炫耀
蝴蝶不再親吻妳蜜蜂背離妳
妳有很多很多時間
為自己哀悼青春
或為鄰樹數算千朵花

花香
深埋妳心底

愛

不曾死去（2021.10.05）

49

我把自己移植
在電腦螢幕前
書寫槍聲
窗外也正在進行一場熱戰
豆雨狂射如彈
秋陽總不露面

兩日後未見終戰
我轉頭看見行道樹
第2、3、4棵
雨前紫花怒放
雨後花兵花將幾乎全數敗逃

被清洗過的市鎮
除了回憶
一切褪了色
我換上一襲長袖花洋裝
在深秋造假春光

紫花
我會牢記妳來過
此一短暫花季
是我辜負妳
我不為妳哀唱輓歌
期待來春妳為我
獻唱復活詩（2021.10.11）

50

將成為我明天的眼睛的人
今天和我同時發現妳
我說紫　他說粉紅（2023.04.23）

51

妳屹立於潑墨畫中
枝葉舞成猛虎的鋼爪
奮力回擊九重風
我的雙眼陷溺於九重雨
無法脫離水域
不正常的春天
呼救的是
我
不是妳（2023.04.23）

52

千風挑逗

萬葉推擠

綠中露出一點

紫紅

妳是

整條街道的嬌點

五月額外的厚禮

逃過自然界的法律

時時刻刻

黃白小蝶圍捕

陽光下的妳（2023.05.01）

01～13《笠》詩刊346期2021年12月號
14～18、28、30、32、35、37、38、39《笠》詩刊347期2022年
2月號

石頭記

01

即使被土葬

也不腐朽

耐心等待考古學

挖掘

從石器時代

醒來（2021.10.23）

02

沒有名字的石頭
刻著人的名姓

沒有家業的石頭
刻著人的地界

不愛名利的石頭
刻著人的功名

不生不死的石頭
刻著別人的生卒年

沒有愛情的石頭
刻著海誓山盟

沒有行為能力的石頭
刻著人類的律法（2021.10.23）

03

石頭因人而貴賤
人因鑽石而階級

石頭因人而戰爭
人因石頭而和平

愛情因鑽石而閃亮
30克拉石頭保障愛情恆久遠（2021.10.23）

04

石頭非暴力
卻變成人的凶器

石頭等待小鳥來遊戲
卻變成彈丸射死小鳥

石頭愛石頭
人讓石頭打石頭

石頭愛和平
卻須經由戰爭獲得（2021.10.23）

05

想要開花的石頭

會心痛

想要懷孕的石頭

會頭痛

想要飛翔的石頭

會做夢

想要喝水的石頭

望向天空

什麼都不想的石頭

不痛也不癢（2021.10.23）

06

石頭沒長舌
幸好不知該說什麼

石頭沒長眼睛
誰都可以來踐踏

石頭沒有長腳
等待薛西弗斯來推動

石頭沒長鼻孔
不辨香臭

石頭沒長頭髮
藤蔓成為假髮

被人當成神明祭拜
當神七天不再疑惑且堅信
自己是神（2021.10.23）

07

從海岸

拾回一顆被揀剩的石頭

當作紙鎮

鎮壓風的不理性

讓一首詩留住

眼睛的深情

從廢棄的石堆

取回一顆平凡的石頭

當作門擋

抵抗風的獨裁

順從手的專制（2021.10.23）

08

無論大海多麼大聲
對岸石說話
石頭就是不回答
無論大海多少次
哀求石頭給予承諾
石頭都鎖喉
海與石自古就如此
對峙

石頭不語
是太感動抑是冷漠？
海不枯石不爛
大海還在等待石頭
打開喉嚨鬆開聲帶說清楚
愛
或不愛

答案殘酷：

石頭永遠摸不到自己

的心（2021.10.23）

09

石頭當枕頭
偷走多少黃色的粉紅色的夢
但都不是自己的
石頭寧可
自己做夢被人偷（2021.10.23）

10

石頭冷冰冰
沒有自己的體溫
兩顆白石相撞
激出火吻
把石器時代烘暖烤香（2021.10.23）

11

石頭無心　傷害有心人
石頭無情　傷害有情人
石頭沒靈魂　傷害有靈魂的人
石頭無血無淚　使人傷痕累累
傷疤成為終極勳章
向石頭炫耀（2021.10.23）

12

若你不是金剛石
無法打磨成為鑽石
折射璀璨
八箭八心

一克拉鑽石　折合多少愛情？
兩克拉鑽石　折合多少真心？
三克拉鑽石　折合幾分之幾生命？
鑽石比鑽石氣死愛情

13

一顆醜石
無法榮耀神聖婚姻
無法擁有貴婦纖纖柔指
無緣進駐一間珠寶盒

不被人愛的醜石
訓練蝸牛攀岩
讓螞蟻在石洞漫遊

醜石比醜石
越比越可愛
蝴蝶不知該停在哪一塊（2021.10.23）

14

人因人
心中堆疊
頑固的石頭
被抹黑的石頭
被踐踏的石頭

人用餘生
吐出一顆一顆
怨恨的、恐懼的、憤怒的石頭（2021.10.27）

15

石頭時常被迫
成為刑具
石頭沒有唇舌
無法拒絕成為幫凶
無法為自己的罪行辯護

石頭有時變成
反抗的武器
幫助英雄革命
幫助人抵抗拳頭

石頭
無法區辨善人或惡徒
落在善人手中變成善石
落在惡徒手中變成惡石
石頭希望變成人
把人變成石頭 (2021.10.27)

16

石頭昏睡千年

是夢太美

還是現實太殘忍？

或是一直被催眠？

醒與睡

現實與美夢

黑洞與遼闊的天空（2021.10.27）

17

一顆石頭在石堆
想要取暖
卻嘗盡
孤獨滋味

一顆石頭
獨自曬太陽
全身暖洋洋（2021.10.27）

18

青苔爬滿石頭

偽裝石頭是植物

偽裝自己是礦物

偽裝既久

石頭以為自己是青苔

青苔以為自己是石頭

青苔死的時候

石頭痛哭

以為死的是自己（2021.10.27）

19

白色石頭說：
黑色石頭不是石頭
黑色石頭說：
紅色石頭不是石頭
七彩石頭說：
我才是石頭

七彩的石頭被抹黑
說他不是石頭
被塗白的石頭還原紅色
不知道自己
是紅色還是石頭（2021.10.27）

20

遠遠遠遠的
你看我
是一顆小石

走近我
你看我是一顆巨岩
像陸地的盾牌
抵擋瘋狗浪

你
以為把我看得澈底
我的另一面
只有浪花了解
我的心
卻是浪花看不見的
另一面（2021.10.27）

21

暴雨！暴雨！
石頭看起來疲憊
又像狂喜

夏風拂面
石頭看起來沉靜
又像昏睡

夕陽變色
石頭看起來沉醉
又像傷別

溪水潺潺
洗去石頭的憂傷
又像洗去笑容

石頭不言不語
任你著色（2021.10.27）

22

磐石堅守海角
聽海碎碎念
不回嘴

磐石固守天涯
被風咆嘯
不雄辯

磐石護守磐石
聽到心底的濤聲（2021.11.21）

23

友情但求堅若磐石
不要泡沫化
親情但求堅若磐石
不要粉碎
愛情但求固若磐石
不要腐朽

磐石但求
一朵花的愛慕（2021.11.21）

24

舉世喧嘩中
鬧劇不謝幕
你因害羞
而成為石頭
退縮到偏僻小角落
在自己的沉默中靜坐
享受被全世界遺忘
隱而不顯的快樂
有時因此
反而被注目（2021.12.19）

25

你搬起一顆石頭
恨意比石重

石頭不服從
饒過你仇敵的頭
砸到你的腳（2021.12.19）

26

石頭藏在無人深山
變成山的細胞
鳥知道

石頭埋在深水
變成湖的珍珠
被魚遇見

石頭絕口不說暗戀山與水
山與水看穿石頭
但裝作不知道（2021.01.24）

27

只要石頭點頭

世界就可以萬世太平（2022.10.27）

28

在獲得應許之前
青苔偷偷佔領石頭的胴體
寂靜小婚禮
山脈證婚
雲海與野花觀禮
鳥蟲合唱結婚進行曲（2023.04.10）

29

青苔賦予石頭
最溫柔的表情
石頭賦予青苔
最堅定的心（2023.04.10）

30

石頭盤坐樹下
被掉落的蘋果擊中頭
他不知地心引力肇禍
只知反咬蘋果一口（2023.04.10）

31

石頭靜坐樹下
菩提葉一夜一夜增生
石頭靜坐樹下
菩提葉一頁一頁落下

蝸牛靜坐石下
時間不生不滅（2023.04.10）

32

求婚般頑固
一顆孤岩長跪海角山巔
烈風一陣一陣刮過裸身
把時間捲逃到天邊（2023.04.10）

33

石頭長得像玫瑰
被人標高價出售

石頭長得像達摩
被主人供奉在茶桌

石頭長得像石頭
被人一腳踢走（2023.04.24）

34

被憤恨一腳踢起
終於嘗到
小鳥起飛的滋味
子彈擊痛地球的感覺

35

魔法之手
變身剪刀石頭布

當我是石頭
不怕你是剪刀
當你是石頭
我會用鵝絨布將你包裹

童年遊戲
人早已忘記
所以常常變成剪刀
對付石頭（2023.04.27）

36

世界喧囂時
石頭沉默
世界沉默時
石頭沉默

石頭面對石頭
時間停滯（2023.04.27）

【輯四】
一條溪

01

千山擋不住
萬石難攔淺
落花無法軟化意志
一條溪日夜不息
投奔大海（2019.07.17）

02

一條溪順從宿命
早也趕晚也趕
晴天趕路雨天更加速
沒有地圖沒有路標
沒有先知啟示
無力踢開萬石
無法撞開眾山另闢捷徑
任崎嶇山勢導路
轉出千山百谷
以為走出終極迷宮
可以暢行無阻
卻被沙漠激情佔有

在小溪一千次夢中
大海一萬次呼喊
她
小小的
清澈的
潔癖的名字（2019.07.17）

03

一路趨前
向下
養魚養蝦養蟹
養一些水草
載一些種子與落花
陪伴孤寂旅途
無意中成為一艘
另類挪亞方舟

04

意外誤入一條濁水
清流欲回頭
嘆無路

同流
稀釋濁水之污
奔波……奔波……（2019.07.17）

05

水蛇
竄出綠色山頭
入密林穿草叢越深谷
向前向前

猛獸
口乾舌癢
循水聲追上
張開血口

水蛇蜿蜒逃走
游入海口
吞下夕日（2019.07.17）

06

一顆顆頑石
土匪攔路
主張兩岸是他們的
不惜製造水戰衝突
我用至柔
水的力量
對抗
開出勝利水花（2019.07.17）

07

萬流入海
都自認被海兼併
唯我奔流到海環抱千島
把大海變成自己
壯大了一條溪（2019.07.17）

08

劊子手用鮮血彩繪清溪
工廠瀉出墨汁獻祭母土
特權怪手亂挖狂掘
土地疼痛喊不出

一條溪
用污濁潰爛向人類的眼睛抗議
用惡臭向人類的鼻子控訴

繼續餵養萬物
繼續被人殘害
一條憤怒的溪
可以流亡到何處？（2019.07.18）

09

古詩稱頌溪色
清白或透明
古詞讚美溪水
滿載花草幽香

有一天
孩子的孩子
站在古詩詞的溪畔
瀰漫化學怪味的濁水邊
追思一條清溪灌溉出
千萬畝詩詞（2019.07.17）

10

含怒向前走
變心的女朋友
倔強頑固臭脾氣
哀求她
不但不回頭
還加快腳步
只能眼睜睜看她
投海自盡（2019.07.17）

11

被工業文明紋身
明鏡不再透明
天空來照
照出黑色愁容
浮雲來照
照出黑色劇情
風來攬鏡
照出自己黑色心情

想像上帝
拿一條白紗巾
擦拭被玷汙的鏡面
回復一條溪
清澈誠實本色（2019.07.20）

12

一條溪彎彎曲曲
即將彎到哪裡？
終將趨向悲劇或喜劇？
命途不可測
一條溪流進沙漠
每一粒沙張開焦口

一條溪擁有一片沙漠
交配出綠洲
慶祝結婚快樂（2019.07.17）

13

小溪之心
裝著大大的天空
鳥來啄溪
啄不走白雲
小溪以為
自己就是天空

小溪之心
裝著萬顆星球
風掃過溪
掃不走金色亮片
小溪以為
自己就是閃亮星球

雖然
覺者鳥悟者風一再開示：
凡眼所見皆是幻影夢痕
但小溪堅持

天空是他

星雲是他（2019.08.19）

14

一顆眼淚　不會使一條溪變鹹
兩顆眼淚　不會使濁水變清流
三顆眼淚　不會燙傷冷溪
四朵落花　挽留不住水流
億顆眼淚
不會使一條溪變成大海（2019.08.19）

15

隱者山
住進雲霧
多少朝代以前甩出一條線
垂釣鯨魚的故鄉
每一波衝撞岸的浪
用力移動大海向高山

飲者海
伸出一條吸管彎曲向山
吸吮甘泉
每一口都增添
對高山的崇敬

癮者人
在山與海之間
溪釣海釣
釣者之意不在魚
垂釣詩句（2019.08.19）

16

風刀亂砍雨箭狂射
傷痕瞬間不見
亂石擊破鏡面
破鏡隨即復元

至柔至剛
內功對應外力
水保持
自我要求的狀態中（2019.08.20）

17

橋梁橫跨水上
並非要獨占風光
或者成為水上風景
橋梁溝通一條溪的
右岸與左岸
使右岸女人到左岸喝咖啡
使左岸男人到右岸約會

高山遙望大海
大海招喚高山
一條小溪成為山與海的橋梁
高山寄語小溪
思戀大海千萬里
小溪為此日夜奔馳不息
但無法返身轉達高山
大海的深厚情意（2019.08.23）

18

一條溪
遇到石頭擋路
一頭鑽過石縫

一條溪
遇到沙漠
像間諜直接滲透沙粒
化為紅花綠地

一條溪
遇到斷崖對決
勇敢跳下去
粉身之後重生（2019.08.24）

19

不想一生躺平
一條溪溜滑梯
在崖壁彈奏豎琴

瀑布落地
聚成嬉鬧的野溪
溪石縫隙躲藏裝死的
魚魚魚（2019.08.24）

20

石頭做夢變成游魚
游魚做夢變成小溪
小溪做夢變成大海
大海做夢變成陸地

一隻清醒的鷺鷥
掠過溪面
看見自己游在水裡

一隻清醒的游魚
抓
不住潛水的鳥（2019.08.24）

21

一條白帶魚
從山頭不斷游向大海
用彎彎曲曲的身體
丈量馬拉松的距離（2019.08.24）

22

被高山流放邊陲
一條溪嘩啦啦抗議
不知道大海
才是世界的大舞台（2019.08.24）

【輯五】
續病毒無公休

病毒不斷變異

病毒不斷求存變異
加劇毒性與傳播效率
人類來不及搞懂仇敵名字
已被賜死哀號遍地

人間看似將要永遠被瘟疫
求神問卜：
何時才能扯掉口罩卸下心防
何日才能再度相信世界
甜甜吐出一句：「我愛你！」

一切的可預測
都變成
未卜的風雨　無解的謎
遠方的人啊
你是否也很想跨海
和我親手交換
沒有病毒的詩集？

2021.08.12

台湾です
——2021奧運在日本

日本政府鐵肩扛起
國內輿論與疫情壓力
東京天空終於升上五環旗
會場觀眾席像剛被清場過
空虛與冷寂
另類瘟疫

奧運開幕式
「中華台北」隊意外提前進場
日本直截了當正名台灣*
「台湾です」「台湾です」

台灣旗
在台灣人心中一吋一吋一吋升起
比戰勝病毒還振奮
比奪得奧運金牌更激動

戰狼伸長粗頸
瞪視太陽叫囂
不出世人預料

奧運降旗後
「台湾です」「台湾です」
美聲不斷
迴響
回想

*台灣以「中華台北」名稱出賽，NHK電視台主播和久田麻由子
直接說出「台湾です」，此後世界各國也接續為台灣正名。

2021.08.12

疫苗之亂

5月疫情
竄升如初夏溫度
兩次月圓後確診數壓至個位
平行時空台灣奇蹟
外國同聲稱羨
國內政客接力撕毀防疫成績單
慈眉指揮官依舊忍辱
負重被惡意踐踏
形成另類台灣奇蹟

疫苗之亂亂不停
進口疫苗被貼標籤「催命符」
國產疫苗像唐吉軻德的風車
政客輪番死命擊打
高端被打成低端
鼓動民眾對疫苗縮起手臂
唯一擁護某支疫苗
有眼無視科學證據

2021.08.15

預言家

瘟疫時代出良醫
也出預言家

前朝官員擺出權威
宣告：
三個月後島嶼疫情
慘重如櫻花國

5月疫情嚴峻
地方首長口對麥克風直斷：
8月將死傷遍地血流成河

假先知
後語推翻前言
以為噴出口水
會很快被蒸發掉
不會有人計較預言真假
大說謊家不說謊會死

繼續開口預言預言預言
預言天將塌

2021.08.17

遺跡

50週前的交友邀請
我點進邀請者臉書
讀到無數悼亡文字
無法按讚的貼文
版主讀不到的不捨淚珠

瘟神揀選了他
從人世退席
臉書留下他活存過的遺跡
他人生最後生活照
陽光碎鑽猶在
浪尖亂舞

2021.09.04

疫苗

獵取政治紅利
政客吐出言語惑眾
口水成分與敵人一致
從敲碗要疫苗
到詆毀受贈疫苗
到極力醜化所有疫苗
終至神化某支疫苗

政客話術
接種人心深處
意圖使人錯亂認知
誰能發明
預防黑心疫苗？

2021.09.07

Delta病毒侵入

三級警戒降至二級防疫
全國稍稍喘一口氣
颱風前夕
惡魔的天空醞釀暴風雨
Delta病毒偷偷侵入雙北市幼兒園
和幼兒玩捉迷藏
全國再度陷入極度恐慌

同樣面對大魔王級病毒
鐵肩首長與中央聯手*
迅速解除擴散危機
全球都想借鏡
教科書級成功案例
鐵嘴首長則一貫政治處理
第一時間大喊警戒升級
口稱超前部署行動龜速
市民半夜流浪
在防疫旅館與防疫旅館之間

防疫匡列人數奇低
全台乾焦急

*6月屏東縣長潘孟安成功的教科書級防疫。

2021.09.09

捷運車上

口罩藏住笑窩
滿車乘客人手一支手機
雙指滑來滑去滑來滑去
神祕手語
滑去一分一秒無聊
滑掉連年瘟疫陰影
滑上雲端
用另一種角度看人世

露出一雙一雙黑亮眼睛
過客看不見
沿途台灣欒樹
提著千百個粉紅小燈籠*
照亮十月陰鬱道途

*台灣欒樹粉紅色蘋果，形似燈籠。

2021.10.04

等待救護

幼兒發燒癱軟
媽媽撥不通衛生局電話
求救聲波
藏不住心被刀割的痛
「沒人接電話！」
「現在是下班時間，請明天再撥！」
「沒人接電話！」
「沒人接電話！」
「沒人接電話！」

紫斑、抽搐
生命一分一秒流逝
「也許下一秒救護車就來了！」
「也許下一秒救護車就來了！」

純潔小市民
拚盡全力抵抗惡運
滿心疑惑永別心碎的父母
他永無機會了解官虎
為什麼沒人接電話？
為什麼等不到救護車？

2022.10.05

【附錄】西／庫爾德／英／孟加拉／法語譯詩

El fantasma atrapa a la gente
（鬼抓人）

Cuando era niño

jugaba a atrapar fantasmas.

A veces la gente se volvìa gente,

A veces los fantasmas se convertìan en gente.

Ahora, deseo una habitación

para albergar a los fantasmas.

Espero ser valiente.

Habrà un duelo nuevamente.

Fantasma, bosque de bambú, emboscada

Fantasma, escondido debajo de la lengua

Fantasma, acechando el corazón

Fantasmas, escondidos en fantasmas;

Colmillos de cara azul con labios rojos y dientes blancos,

Fantasma.

Rugido como un trueno o palabras como la miel,

Fantasma.

De sangre fría o caliente,

Fantasma.

No sé si soy un fantasma o si juego como un fantasma,

Fantasma.

Tal vez todo esto sea obra tuya, fantasma.

El gran fantasma no tiene otra opción

El niño también necesita comprensiòn,

jugar con sustos y sobresaltos.

Temo que el muchacho

tendrà que busar

la atenciòn de un psicólogo.

Yo no quiero

ser tomado prisionero por un fantasma.

Fantasma.

*由祕魯詩人豪爾赫・阿利亞加・卡喬（Jorge Aliaga Cacho）翻譯
成西班牙文。

کارخانه
(倉庫)

،له نێوان ڕۆیشتن و مانهوهدا

،له نێوان خۆشهویستی و خۆشنهویستدا

تۆ شهرمهنده بووی

.نهی ههبووی ههبوونی

خۆشویستراوه

،ڕهنگه بانگکرابیت بۆ ئهوهی خۆشهویست بی

.بهکار دههێنرێ بۆ ئهوهی له هۆڵێک یان ژوورێکی نهێنیدا بهکار بهێنرێ

ههربهجارێک شانازی به شکۆمهندی تیشوی بڵندگۆوه دهکهم

.نهی ههبووی ههبوونی

،من بۆ ماوهیهکی زۆر خهڵکم ناساندووه

تۆ ناتوانی چیدی خۆت دهر بخهیت

،خودی هونهر دهکهوێته دهست گهمژهیی

.نهو فڕیدراوهته نێوان کولتوورهکانهوه

ڕهنگه تۆ کردبێته شتێکی گرنگ

،بێش نهوهی بهکاری بهێنیت

.نێمهش دهبێ دڵنیابین که ئهوه نماییش نییه

،به تهواوی له بیرنهکراوه

،به شتی تر نێژراوه

.هیچ شتێک له تۆ نوێنتر نییه

شتومهكهكان له ناوهوه و دهرهوهدان

تهنیا مشکهکان باشتر دهزانن

.که تۆ شوێنی بارخانهت ههیه

*由（peshawa kakayi）پیشوا کاکایی 翻譯成庫爾德語。

Pongame oiltree 29
(【輯二・水黃皮】29)

You were transplanted to this section of the road
The location of the first tree
I was screened by layer upon layer of man's criteria
Placed in the position by the window in this building
And so our boundaries touch
In Tamsui New Town

You were a pongamia seed
After many twists and turns made it onto land
The ocean with magnificent waves
Sits in your heart

I was blown by the wind from a mountain village into town
Having experienced many safe harbors and many injuries
Birds and butterflies gather in dreams
A thousand wings stirring

*由Te-chang Mike Lo翻譯成英語。

পোঙ্গাম অয়েলট্রি
(【輯二・水黄皮】29)

তোমাকে রাস্তার এই অংশে রোপন করা হয়েছে,
এখানে তুমিই প্রথম গাছ!
মানুষের চোখের সামনে তুমি ধীরে ধীরে বেড়ে উঠেছো,
এই ভবনের জানালার পাশে তোমার অবস্থান,
আমাদের সীমানা স্পর্শ করে আছে তামসুই নডি টাউন।

তুমি ছিলে পোঙ্গময়িা বীজ এক সময়
অনেক চেষ্টায় তুমি জিমনিে বড় হয়ে পরিণত বয়সে
এখন--
সাগরের বিশাল বিশাল ঢেউ যেন
তোমার হৃদয়ে খেলা করে।

আমি পাহাড়ি গ্রাম থেকে শহরে বাতাসে উড়িয়ে দিয়েছিলাম
অনেক নিরাপদ আশ্রয় এবং অনেক আঘাতের অভিজ্ঞতা
আছে
স্বপ্নে পাখি ও প্রজাপতি জিড়ো হয়
হাজার ডানা আলোড়ন করে।

(টে-চ্যাং মাইক লো দ্বারা ইংরেজি ভাষা থেকে অনুদিত)
(Te-Chang 翻譯自英文，作者：Mike Lo)

(চেন শয়ু-চেন বর্তমান সময়ে তাইওয়ানের একজন খ্যাতিমান
কবি। তিনি তিমকাং বিশ্ববিদ্যালয়ের চীনা সাহিত্য বিভাগ থেকে
স্নাতক ডিগ্রী লাভ করেন। সংবাদপত্র ও বিভিন্ন জার্নালে
সম্পাদক হিসাবে দায়িত্ব পালন করেছেন। বর্তমানে কবি চেন
শয়ু-চেন
"লি কবিতা সোসিয়েটি"-র অন্যতম সম্পাদক)

*由মনোজিৎকুমার দাস（Manojit Kumar Das）翻譯成孟加拉語。

Lanternes
（燈籠）

Tombée de la nuit

Peu à peu le monde perd la vue

La rue

A englouti le tumulte de la civilisation

Les fenêtres en verre s'allument

Une à une de lampes orangées

Les immeubles se transforment en gigantesques lanternes

Les humains recherchent la lumière

Sous les projecteurs se joue

Un feuilleton romantique

Quand

Vas-tu enfin regarder ?

Chaque nuit chaque nuit

C'est pour toi que j'allume

Tout mon être

　（traduction Elizabeth Guyon-Spennato）

*由Elizabeth Guyon-Spennato譯成法語。刊登於法國詩刊（主題「夜曲」）。
　http://jeudidesmots.com/nocturnes-6/

含笑詩叢25　PG2973

 房間
　　——陳秀珍詩集

作　　者	陳秀珍
責任編輯	陳彥儒
圖文排版	楊家齊
封面設計	吳咏潔

出版策劃	釀出版
製作發行	秀威資訊科技股份有限公司
	114 台北市內湖區瑞光路76巷65號1樓
	電話：+886-2-2796-3638　傳真：+886-2-2796-1377
	服務信箱：service@showwe.com.tw
	http://www.showwe.com.tw
郵政劃撥	19563868　戶名：秀威資訊科技股份有限公司
展售門市	國家書店【松江門市】
	104 台北市中山區松江路209號1樓
	電話：+886-2-2518-0207　傳真：+886-2-2518-0778
網路訂購	秀威網路書店：https://store.showwe.tw
	國家網路書店：https://www.govbooks.com.tw
法律顧問	毛國樑　律師
總 經 銷	聯合發行股份有限公司
	231新北市新店區寶橋路235巷6弄6號4F
	電話：+886-2-2917-8022　傳真：+886-2-2915-6275

出版日期	2023年8月　BOD一版
定　　價	340元

讀者回函卡

國家圖書館出版品預行編目

房間——陳秀珍詩集/陳秀珍著. -- 一版. -- 臺北市：
釀出版, 2023.08
　　面；　公分. -- (含笑詩叢;25)
　BOD版
　ISBN 978-986-445-840-0(平裝)

863.51　　　　　　　　　　　112011158